사라진 후

세종마루시선 015

사라진 후

2023년 11월 15일 초판 1쇄 발행

지은이 이종인
펴낸이 윤영진
기획 이은봉 김백겸 김영호 최광 성배순
홍보 한천규
펴낸곳 도서출판 심지
등록 제 2003-000014호
주소 34570 대전광역시 동구 대전천북로 12
전화 042 635 9942
팩스 042 635 9941
전자우편 simji42@hanmail.net
ⓒ이종인 2023
ISBN 978-89-6627-249-5 03810

* 이 책은 세종특별자치시와 세종시관광문화재단의 후원으로
  발간되었습니다.

세종
종
마
루
시
선

015

사라진 후

이종인 시집

어떤 시인은 시 속에 꽃을 심기도 하고
어떤 시인은 시 속에 인생을 그리기도 하고
어떤 시인은 시 속에 영혼을 가두기도 한다.
나는 무엇을 담을까?
나는 이번 시집에 칼을 숨기기로 했다.
나의 시를 읽고 마음에 찔리는 게 있거나
가슴속에 날 선 비판이 일어난다면
내가 숨긴 칼을 발견한 것이다.
부디 찾기를 기대해 본다.

2023년 세종시 어진동 어느 곰탕집에서
이종인

차례

제2부 어느 예언자의 기도

제3부 사라지는 것들의 외침

〈일러두기〉

* 본문에서 〉는 '단락 공백 표시'로 한 연이 새로 시작된다는 표시이다.

제1부
내가 그 자리에 있었다고

회귀하는 과거, 겨울

서릿바람이 매섭게 불다가
비틀거리며 쫓겨가고
따뜻한 햇볕에 들판은 초록이다.
꼬물거리는 미물들이 하품하고
기지개를 켜는 풍경에
꽃 피는 봄이구나 싶어
두꺼운 옷을 훌훌 던졌더니
서릿바람이 꽃샘추위로
이름을 바꾸고는 뒤를 돌아본다.
옷 벗기를 기다렸다는 듯이

누구냐, 너는

홀러들어온 검은 물,
푸른 바다는 기꺼이 밀어내고
어디로 갈까 궁리하다가
햇빛에 쪼개져 하늘로 날아간다.
무엇이 섞였는지 알 수 없는 검은 물
구름에 빌붙어 떠밀려가다가
누군가의 땅으로 내려앉는다.
아무 흔적도 없이
자신이 누군지 숨긴 채
검은 물은 땅속으로 스며든다.

예민하고 지나친 감성

술렁이는 바람 소리를 듣고
철썩거리는 파도가 떠오른다면
바람이 되고 싶은 것이다.

고개 숙인 가로등 불빛을 보다가
흩어지는 별들의 움직임을 쫓아가고 있다.
너는 어디로 가니.

눈을 감으면
별이 지나간 흔적이 흐르고
소녀의 흥얼대는 노래가 들린다.
맞다. 그 노래였다.
가사를 떠올리며 나는 흥얼거린다.

발밑에서 부서지는 낙엽이 느껴진다.
따뜻한 봄날, 푸른 새싹은
내 발밑에서 흩어진
낙엽의 고통을 알지 못하리라.

떠난 풍뎅이

내가 기억하던 숲 속 작은 풍뎅이
어느 날부터 보이지 않는다.
북적이던 시골 마을은
떠날 사람들 다 떠나고
반쪽이 되는 동안
어릴 적 뛰놀았던 울창한 숲도
절반이 깎이고, 사라지고
숲으로 가는 길은 풀꽃 대신에
차가운 시멘트로 덮여 있다.
그 길을 따라 작은 풍뎅이는
어디로 떠났을까?

아! 너무 오랫동안
나는 숲 속을 떠나 있었구나.

스스로 일어설 수 없는 바위

스스로 일어설 수 없는 바위
어제나 오늘이나
산 중턱에 우두커니 앉아
한쪽 눈으로 산 아래를 산책한다
입을 열어 말할 수 없는
봄, 여름, 가을, 겨울이 오면
산을 타고 내려오는 찬바람 때문에
이맛살이며 눈가에 주름이 늘어간다.
불러도 대답이 없고
부르는 목소리만 흉내 내는 바위는
내 육신이 흙이 되도록
젊게 늙어가겠지.

눈, 물

하얀 눈이 휩쓸고 지나간 자리는
작은 얼음들로 가득하다.
한 덩어리로 뭉친 얼음 알갱이들.

태양이 먼 산부터 피어오르면
강렬한 햇빛은 얼음 알갱이를 파고들고
내 몸에서 찬바람이 빠져나가는 것처럼
얼음 알갱이는 눈물을 토하고 사라진다.

어느 눈물이나
쉽게 마르는 법이 없다.
누군가 닦아주지 않으면
그 자국마저 애처롭다.

하얀 눈이 작은 얼음으로
얼음 알갱이가 눈물이 되기까지
나는 몰랐다.
거리를 지나다가 내 발을 붙잡는 것은
누군가의 눈물이었다.

〉

거리가 진창이라고
질척거린다고 불평할 수 없다.
그것은 눈물이기 때문이다.

초승달의 꿈

그늘진 초승달은 먹구름을 헤집다가
얼굴을 내밀고는 사라진다.

어두운 거리는 차갑게 내려앉는다.
쿡쿡거리는 기침 소리가 들리고
핸드폰 불빛이 저마다 얼굴을 비춘다.

약한 불빛에 그을린 얼굴들.
집으로 향하는 발걸음은 무겁다.
지나치게 조심스러운 한숨과 함께.

드문드문 가로등은 밝지만
보름달처럼 온 세상을 밝히지 않는다.
보름달도 아닌 것이.

초승달은 며칠 후,
속이 꽉 찬 보름달이 될 것이다.
보름달을 기다리는 심정은, 그 간절한 마음은
가로등 불빛을 덮은 그들에게는 꿈이다.

〉

그늘진 초승달을 바라보며
보름달을 기대하며
그대는 무슨 생각에 잠겨 있는가.

고봉밥

마른 연잎 같은 손으로
자기 밥그릇에서 밥을 퍼내
자꾸만 내 밥 위에 올려놓았다.

먹어도 줄지 않는 하얀 쌀밥.
내 밥은 살이 찌고
할머니 밥은 야위었다.

할머니는 세상을 떠나고
푸른 새싹이 올라오는 무덤은
고봉밥을 닮았다.

상석에 밥을 차려놓아도
이제는 기다려도
더는 쌓이지 않는 내 밥그릇.

숟가락을 들고
할머니를 불러보지만
하얀 쌀밥에 눈물만 쌓인다.

검은 크리스마스트리

그녀는, 크리스마스트리는 검은색이었다. 몸에 걸친 빨간색 리본은 둘둘 말아 싱크대 서랍 안에 가두고, 금색 루돌프 장식은 냉장고 야채칸에 묶었다. 하얀 눈이 날리는 크리스마스 전날 밤, 그녀는 반짝이는 별을 따라 집 밖으로 나선다. 화장기 없는 얼굴로 하늘을 향해 손을 내밀어 하얀 눈을 붙잡으려다가 손가락 사이로 빠져나가는 네온사인 불빛을 보고는 발걸음을 옮긴다. 상가마다 캐럴은 혼란스럽게 울어대고, 그녀의 입술에는 입김이 살랑거린다. 느린 걸음으로 거리를 한 바퀴 돌고는 힘들었는지 어깨에 쌓인 눈을 툭툭 털어내고 집으로 향한다. 그녀는, 크리스마스트리는 거실 구석에 서서 눈물을 흘리다가 등을 돌린 채 눈을 감는다.

서릿바람

눈 덮인 언덕을 넘어온 서릿바람은
북녘에서 달려왔으리라.

매서운 서릿바람은
언덕을 넘어오기까지
뜨거운 입김이 섞여 있을 것이고

북녘땅, 그들은
거친 호흡을 내쉬었으리라.

사람 냄새나는 날숨,
그들의 뜨거운 입김은
바람에 실려 왔을 것이고

내 안에서 느껴지는 그들의 입김.
가슴이 차갑지 않은 것은
서릿바람에 실려 온 따뜻한 입김이
나를 채우기 때문이리라.

물은 하늘로 오른다

물은 어디로 흐르는가.

생명을 살리고
생명의 터전을 깃들이는 그것은
아름답도록 빛나는 강이 되고
푸른 바다가 된다.

그러나 물이 아래로 향한다는
변함없는 사실은 편견이다.

생명을 살리려는 몸부림으로
몸을 산산이 부수고 쪼개서
물은 하늘로 오른다.

하늘로 오른 물은 높은 산을 적시고
아래로 흐른다.

생명을 살리려는
내 사상과 정신은 어디로 향하는가.

남 탓

쓸 말은 많지만
내 손에 쥐어진 연필이 게으른 탓에
제대로 된 문장은 없고
종이에 남은 것은 마침표뿐이다.

마침표가 찍힌 하얀 종이는
결벽증에 걸린 듯하다.
하얀 그림자가 검은 점을 지우고 있다.

게으른 연필의 마침표와
결벽증에 걸린 종이 때문에
시적 감수성은 딜레마에 빠졌다.

내 생각은 무디어진다.
시를 쓰기도 전에.

삶이 시라고 말하지만
연필과 종이를 극복하지 못하면
무슨 의미가 있을까.

〉
아프게 사라질 것이다.
의미 없는 남 탓에
오늘의 시간을 담고 싶었던 시인의 마음은
끝내 빛을 보지 못할 것이다.

PM 11시

별 웃기지 않은 이야기에
혼자 드르렁거리며
웃고 나면 왜 웃었는지
기억 못할 PM 11시.

꾸벅 졸면서도
TV에서 시선을 놓지 않는다.

시답지 않은 이야기는
앞뒤 없고, 끝날 줄 모르고
진짜 웃기는 이야기를 기다리다가
버거운 하품과 묵직한 눈물이
빨갛게 눈가를 달군다.

리모컨을 만지작거리면서도
TV를 끄지 못하고
전등을 끄지 못하고.

잠깐 눈을 감으면 오늘이라는 시간이

꿈속을 허우적거리며
기억 저편으로 사라질까 봐
붙잡고 싶은 PM 11시.

하나 더하기 하나는 하나다

물과 물이 만나면
한줄기 강물이 되고
강물은 한 몸처럼 흘러간다.

하나에 하나를 더하면
둘이 된다고 했던가.
한 덩어리가 되는 것이 있다.

불과 불이 붙으면
큰 불길이 일어나듯이
쪼개지지 않고
하나로 뭉치는 것이 있다.

하나에 하나를 더하면
둘이 아니다.
더 큰 하나이다.

내가 그 자리에 있었다고

1.
불이 타오른다.
희뿌연 연기는 산을 휘두르고
텁텁한 바람이 불 때마다
짐승의 혓바닥처럼 불길이 타오른다.

소나무 절반이 잿더미가 되고
또 절반은 손발을 닮은 나뭇가지가 녹아내리고
핏기없는 몸뚱이만 홀로 서 있다.

매캐한 냄새가 자욱하다.
불씨는 아직도 연기를 뿜어내고
살고자 몸부림치는 소나무를 괴롭힌다.

비가 오려나.
구름이 햇빛을 틀어막고 무겁게 내려앉는다.
습한 바람이 분다.
잿더미마다 빨갛게 달궈진다.

2.
굵은 소나기가 내린다.
빗물은 물길을 만들고
흙 위의 잿더미를 쓸어간다.

맨몸으로 버티다가
까맣게 타버린 소나무는 무너진다.
무너지고 또 무너지고
산이 무너진다.

소나무 몸뚱이가 흙더미에 파묻히고
손발은 허우적거리며
흙을 파헤치다가 잠잠해진다.

핏물 같은 흙탕물
골짜기를 쥐어짜는 흙탕물 소리가
통곡처럼 산속을 메아리친다.

3.
한 그루,
푸른 잎사귀를 붙들고 있는 소나무
너는 살았구나.

그러나 점점
소나무는 잎이 누렇게 말라간다.
두꺼운 껍질이 푸석해지고
힘없이 깨지고 부서진다.

너는 죄가 없다.
너는 살았고
살아서 숨 쉬는 것은 죄가 아니다.

살아라, 살아남아서
후대에 알려라.
내가 그 자리에 있었다고.

사라진 후

1.
목마른 땅, 갈급한 땅에서
소나무 껍질처럼 들뜨고 갈라지며
강은 말라간다.

한 방울, 한 방울만
기우제를 지내듯이
마른 막대기 같은 작은 생명은
눈곱이 낀 채,
구름 한 점 없는 하늘을 쳐다본다.

물이 많기로 소문난 땅에
오라는 비는 오지 않고
달갑지 않은 것들의 세상이 되었으니

마른 잡초 사이로
물보다는 피가 목마른
살찐 독사가 쉰 소리를 내며
바닥을 기어 다닌다.

2.
부드러운 흙은 돌처럼 굳었고
얕은 물가는
헐떡거리는 성난 물고기가
큰 입을 벌리고 있다.

숨을 곳이 없고
먹을 것이 없고
마실 물이 없다.

목마른 땅에서
생명은 마른 뼈가 되었다.

먹잇감이 사라진 독사는
고개를 쳐들고
혓바닥을 길게 뺀다.

혀끝에 닿는 것은

모래를 뒤집어쓴 뼛조각뿐이다.

배가 홀쭉해진 독사는
휩쓸리듯 물가로 내려간다.

3.
강가에서 떠밀린 조개 한 마리,
물속으로 들어가려면
속살을 내밀어
껍데기를 밀고 가야 한다.

쉰 소리가 들리고
독사의 혓바닥이
조개껍데기를 두드린다.

두툼한 속살이 나오기를 기다리는
독사는 물가에서 먼 곳으로
조개를 밀어낸다.

숨어 있으면
말라 죽을 것이고
속살을 내밀면
물려 죽을 것이다.

4.
햇빛이 타들어 가는 정오에
목마른 조개는 천천히 입을 벌린다.
눈물을 흘리듯이
껍데기 속 마지막 물기를 뱉어낸다.
숨겨왔던 속살이
껍데기 밖으로 하얗게 빛난다.

조개가 열리자
독니를 드러낸 독사는
껍데기 속으로 머리를 밀어 넣는다.
조개 속살을 깊이 씹는다.

〉
조개는 온 힘을 다해
껍데기를 닫는다.

입속에서 입은 으깨지고
조개 속살에 퍼진 독은
으깨진 입속으로 흘러 들어간다.

5.
태양이 그득한 날에
죽은 독사 마른 뼈 위로
모래흙이 날린다.

강바닥으로 내려온 기계 소리.
끄덕거리는 굴착기 주걱 소리가 들리고
트럭에서 검은 매연이 솟는다.

파헤치는 곳마다

마른 뼈가 드러나고
뼈가 부서지고
트럭에 실려 길을 달린다.

건설 현장에는 마른 뼈가 쌓인다.
높이 올라가는 빌딩은
죽은 독사의 뼈가 섞여 있다.

오라는 비는 오지 않고
달갑지 않은 것들의 세상이 되었으니
뼈가 드러나는 곳에서
잿빛 도시는 말라간다.

아버지의 시계

어릴 적 시간은 내 편이었다.
느긋한 시계, 육중한 시침이 크게 돌면
나는 키가 자라고
손안에 들어오는 돌 하나만큼
몸무게가 늘어났다.

그러나 한순간도
시계가 느긋한 적은 없었다.
내 삶이 느슨했을 뿐,
그때는 그렇게 살아도
아버지의 시계가 조급했으니까.

아버지의 시계가 멈춘 날,
나는 아버지의 시계를 손목에 찼다.
초침은 다시 조급하게 돌고
째깍거리는 소리는
허공을 두드리다가
내 어깨에 무겁게 내려앉았다.

극야

밤이 깊은 것처럼
추운 계절이 유난히 길다.
이불을 뒤집어쓰고
차갑게 식은 방을 다독거린다.

별빛조차 사라진 창밖은
고드름 몇 개가 찬바람에 소곤거린다.

한 줄기 빛을 기다리는 심정이랄까.
꽁꽁 얼어버린 마음은 좀처럼 풀리지 않고
밤이 깊어질수록
손 시린 통증은 쉽게 가시지 않는다.

눈을 감고 싶지만
눈물은 새어 나오고
잠들지 못하는 밤은 너무 길다.

애착 인형

어디로 사라졌는지 모를,
내가 아끼던 어릴 적 애착 인형이 떠오를 때면
늙은 감나무 아래 낙엽을 뒤적거린다.
축축한 낙엽 아래로
허리를 들썩이는 쥐며느리가 눈을 치켜뜨고
꿈틀거리는 지렁이가 땅을 치며 침을 뱉는다.
다시 낙엽을 씌우지만
그것들은 살았던 흔적을 남기고 돌아오지 않는다.
내 애착 인형이 어디론가 사라진 것처럼.

문득 어릴 적
내 몸에서 떨어진 낙엽이 떠오르고
그 낙엽은 어디로 사라진 걸까?

들꽃처럼

길을 거닐다가
문득 들꽃을 보며
나는 이름을 떠올리려 눈을 감지만
바람에 흔들리는 들꽃은
내 이름에는 관심이 없고
서 있는 그대로
무심하게 나를 감상한다.

제2부
어느 예언자의 기도

침묵

들리는 것보다
들리지 않는 것이 무섭고
보이는 것보다
보이지 않는 것이 두렵고
말하는 것보다
말하지 못하는 것,
나는 침묵이 괴롭다.

퇴마의식

귀신을 만난 적이 있다.
빨간 눈으로 나를 쳐다보며
날카로운 이빨을 드러냈다.
입에서 혀가 흐물거리며 삐져나왔다.

나는 사시나무처럼 떨다가
혹시나 하는 마음에 눈을 부릅뜨고
이번 주
숫자를 물었다.
숫자 여섯 개.

귀신은 머뭇거렸다.
나를 똑바로 바라보지 못하고
눈을 굴리더니
혀를 집어넣고 입을 꾹 다물었다.

나는 다시 물었다.
다섯 개는?
〉

귀신은 마른침을 삼켰다.
흘러내린 머리카락을
귀 뒤쪽으로 단정히 정리하고
무슨 말을 하려다가
생각이 많아졌는지 입을 닫았다.

나는 비웃으며 말했다.
귀신이 그것도 몰라?
아는 놈 불러와.

벌거벗은 진열대

마트에 갔다.
벌거벗은 채로 두꺼운 뿔테 안경을 쓰고
입구에서 마지막 신발을 벗는다.
껍질을 벗은 채소가 속살을 보이며 반긴다.
비늘 벗은 생선은 눈을 크게 뜨고 웃는다.
진열대 위
속이 훤히 보이는 것들
감출 것도
숨길 것도 없다.
침이 잔뜩 묻은 손가락으로
속살을 구경하는 사람들.
그들은 옷을 걸치고
옷 속에 뭔가를 감추고 있다.
안경을 벗고 진열대 위로 내 몸을 눕힌다.
옷을 켜켜이 껴입은 그들은 나를 보고는
부끄러워하며 등을 돌리지만
눈앞에는 다른 진열대가 있다.
벌거벗은 것들이 웃는다.

강물아, 데려가라

강물아, 흘러라.
깊은 곳으로 데려가라.
까맣게 새운 지난 밤의 꿈도
꿈속에서 슬프게 울던 무지갯빛 눈물도
흐르고 흘러서 맑게 떠나라.

꿈속에서 헤매며
애타게 찾는 것이 있거든,
끈이 풀린 가방을 남겨 둔 채
떠밀리지 말고 맑게 떠나라.

잔물결에 흔들리는
깊은 곳으로 맑게 떠나라.
맑게 데려가라.

한참 남았지만

먹구름이 앞길을 막는다.
비바람이 등을 떠민다.

가야 할 길은 한참 남았지만
내 시선은 언덕 너머를 바라보고 있고
과거를 돌이키려는 마음은
지나온 골짜기 그늘에 머물러 있다.

무릎이 부서지는 통증과
숨이 막히는 고통과
답답한 잡념들이 뇌를 짓누른다.

아침엔 어디에 있었고
점심엔 어디를 지나쳤는지
입안에서 텁텁한 단내가 흐른다.

물 한 모금 마시지 못하고
한 발자국도 못 움직일 만큼
되돌릴 수 없는 지난날을 곱씹으며

언덕 너머에는 무엇이 기다릴지
깊은 고민에 빠진다.

닮은 까닭

바다가 하늘을 닮은 까닭은
하늘은 바다를 바라보고 있고
바다는 자신을 바라보는
하늘을 담아내고 있기 때문이다.

손가락 사이로 어렴풋이 빠져나가는
바람의 호흡이
사람의 숨결을 닮았듯이.

바다를 헤엄치는 물고기와
하늘을 나는 새가
똑같이 자유를 느끼는 것처럼.

바다와 하늘은 마주 보며
서로가 닮았다.

바다와 하늘 사이에서 서성이는 나는
어느 한 편에 서지 못한 채
닮음을 알지 못하고

다름을 따지며
살아가는 것은 아닐까?

봄 그리고 노인

따뜻한 바람이 분다.
바람을 한입 베어 물고
나비처럼 비틀거리며 춤을 추다가
꿀벌처럼 분주하게 달려본다.

호주머니에서 떨어지는 것은
겨울바람 한 움큼이고
흩어진 자리는 움츠린 육체의 온기가 채운다.

뒷산으로 봄나물을 캐러 간 노인은
산속을 두리번거리다가
낯선 무덤, 풀이 무성한 무덤 앞에서
지팡이로 비석을 쿡쿡 찌른다.

술렁이는 햇빛이 사그라들 때쯤
찬바람이 불어라.
어디까지 떠밀려 달리나 보자.

봄나물을 캐러 간 노인은

무덤 앞에서 빈 가방을 툭툭 털고
쓸쓸히 끌고 가는 지팡이처럼
눈물 자국을 남긴다.

낡은 일기장

봄바람 부는 소리에
서재를 정리하고 싶은 마음에
책을 꺼내다가
낡은 일기장을 열어보고 말았다.

책을 넘길 때마다
눈 쌓인 겨울만큼이나
추억이 하얗게 내려앉아 있다.

홀홀 털어버린 줄 알았는데
빛바랜 까만 글자처럼
후회는 빼곡히 서려 있다.

창가에서 쏟아지는
햇살이 눈부신 오후
나는 추억 속에서 헤매며
지난날을 벗어나지 못하고 있다.

악몽

지난밤 악몽을 지우듯이
잔잔한 바람은
도시를 덮은 짙은 안개를 벗겨낸다.

안개가 사라지고
숨죽이던 도시가 깨어나고
도시의 숨소리는 가빠진다.

악몽의 여운이 남았던 까닭일까.
사람들은 식은땀을 흘리며
앞만 보고 달린다.

그러나 사라진 안개는
새로운 악몽의 시작인지도 모른다.
다른 이들이 달리는 걸 목격했으니.

어리숙함

어찌나 어리숙한지
내색하기도 전에
속마음을 들키곤 한다.

단단한 껍데기 밖으로
보일 듯 말 듯 속살을 내민 조개처럼.

먼저 말하지 않으면
드러나지 않을 만큼
그만큼만 내비치는 데도.

실수라고 하기에는
속마음이 내는 소리가
목소리가 너무 컸나 보다.

얼굴을 맞대면
서운함을 말하는 그에게
진심이 아니었다고.
〉

떠내려온 작은 돌에 부딪혀
화들짝 놀란 조개가 제 살을 깨물듯이
주저리주저리
속마음을 꺼내놓는다.

꺼낼 것, 꺼내지 않아도 될 것까지
모두 꺼내놓고는 이건 아니다 싶어서
조개껍데기 속에 갇힌
어린 물고기였다고
어리숙하게 둘러댄다.

비명

그을린 구름이 끓어오른다.
곧 소나기가 내릴 것처럼.

나무 그늘 밑에서
날개 달린 그것이 비명을 지른다.

콘크리트 지붕 아래에서
나는 왜 날개도 없이
목이 터져라, 비명을 지를까?

습한 공기가 손끝에 매달린다.
오지 않을 거라던
그을린 구름이 빠르게 달려오고
구름 밑으로 젖은 비안개가
먼 산부터 집어삼킨다.

소나기가 다가온다.
세상을 집어삼키는 소나기가 온다.
나는 지붕 아래 있지만

흙먼지를 날리며
습하게 비틀거리는 소나기를 눈앞에 두고
날개도 없이 비명을 지른다.

가난의 뿌리

어느 반지하 앞에서 창가에 걸터앉은 풀꽃은 그늘과 그림자를 피해 얼굴을 길게 내밀고 햇볕을 쬐고 있다. 나는 풀꽃을 감상한다. 아니, 햇빛을 가로막고 있다. 풀꽃은 때때로 떨어지는 낙엽을 따라 시선을 옮기고 바람에 굴러가는 낙엽을 본다. 그리고 낙엽을 보듯이 나를 본다. 반지하에 사는

곰팡내가 날 것 같은 풀꽃에 나는 혼잣말 했다. 햇빛이 가난했구나. 막았던 앞길을 비켜주자 햇빛이 풀꽃 위로 쏟아졌다. 그러나 곧 구름이 해를 가리고 높은 빌딩 때문에 햇빛이 쪼개지고 저물어 가는 햇빛은 풀꽃에는 허락하지 않는다. 여전히 풀꽃은 바짝 마른 낙엽 보듯이 나를 바라보고 있다. 집으로 돌아오는 동안 낙엽과 나를 번갈아 쳐다보던 풀꽃이 떠오른다. 계단을 오르는 동안 먼지가 날린다. 저물어 가는 햇살은 눈부시게 내 얼굴을 비춘다. 허! 옥탑방에 사는 나는 그늘이 가난했구나. 내 뿌리는 햇빛이 아니라 그늘이 가난했구나.

수렁에 빠진 사람들

수렁에 빠진 사람들은
수렁에 빠졌다는 것을 알면서도
수렁 안으로 깊이 들어간다.

수렁 밖에서는
아무런 희망이 없기에
수렁 안에서 꿈을 찾는 사람들.

헛된 꿈이라고
사람들은 말리지만
수렁 밖 세상보다는
수렁 속이 그나마 나으니까.

수렁 밖으로 끌어내도 그들은
수렁을 벗어나지 못한다.

그들에게 수렁 밖 세상은
숨이 막히고 몸을 옥죄는
진짜 수렁이니까.

창조론

신은 땀을 흘린다.
세상을 창조하며 흘리던 땀은
아직 식지 않았다. 어제도, 오늘도.

불타버린 산등성이에는
싹을 틔우고
시커멓게 물든 바다는
크게 뒤집어엎고
포성이 끊이지 않는 전장은
갓난아이의 울음소리를 퍼뜨린다.

남자든, 여자든
피부색이 어떠하든지
다른 신을 믿을지라도
신은 생명을 빚으며 땀을 흘린다.

땀 닦을 겨를이 없기를
땀이 식는 날이 오지 않기를
무릎으로 기도한다.

어느 예언자의 기도

악인을 멸하소서.
거짓을 일삼는 자들과
자기 잘못을 남에게로 돌리는 자들과
이웃의 아픔을 외면하는 자들을 멸하시고
불의 앞에서 침묵하는 자들을
이 땅에서 몰아내소서.
악인의 이름을 더럽히시고
그 얼굴을 짓밟으소서.

의인을 일으키소서.
입을 열어 진실을 외치는 자들과
잘못을 스스로 인정하는 자들과
이웃을 자신처럼 사랑하고
이웃과 함께 우는 자들을 세우시고
불의 앞에서 분노하는 자들을
이 땅에서 일으키소서.

내가 앞서가리다.

이단은 무엇입니까

마구간에서 태어난 사람은
십자가에서 죽었고
그 몸은 영혼과 함께 피를 쏟았다.

십자가에 못 박히고 싶지 않은 사람,
자신을 신이라 부르는 그 사람은
신의 영혼이 하늘에서 내려와
신내림을 받았으니
자신은 인간과 다르다고 말한다.

십자가에 못 박힌 사람은
인간의 아들로 태어나
가난이 무엇인지 알았고
가난한 이들의 친구가 되었지만

스스로 신이 된 그 사람은
가난을 싫어하고
가난한 사람을 업신여기며
가난한 사람 위에 군림하려 한다.

〉

가난한 사람을 위해
십자가에서 죽을 마음이 없는 그 사람은
신이 아니요. 예수가 아니요.
거짓말에 능숙한 사기꾼이다.

교회 세습이 옳습니까

교회를 자식에게 물려주는 목사는 목사가 아니고, 예배당을 목사의 자식에게 물려주는 교회는 교회가 아니네. 교회가 아닌 곳이 교회인 척하려니 얼마나 힘들겠는가. 십자가가 걸려 있다고 모두 교회가 아니듯이 자네가 교회라고 생각했던 곳은 교회가 아닐 수 있네. 아마도 그곳 교인들도 이미 알고 있을 거네. 일요일마다 그들이 찾아가는 그곳이 교회가 아니라는 것을, 진짜 교회가 아니라서 더 편하게 다닐 수 있다는 것을.

천국 같은 지옥

1.

그는 천국을 보았다고 말했다.
떨리는 목소리로
가슴에 두 손을 모으고
더듬거리며 천국을 묘사했다.

황금으로 만든 길이 있으며
온갖 보석으로 수놓은 집들이 있으며
밝은 광채가
그곳에 사는 사람들을 휘돌았다.

그 말에 신도들은 눈빛이 반짝였고
어쭙잖은 문장이 끝날 때마다
아멘으로 답했다.

2.

곧이곧대로 믿을 수 없지만
나는 그의 말을 끝까지 듣고 싶었다.

그는 울먹이다가
물 한 모금 삼키고는
그곳을 자세하게 설명했다.

천국의 집 중에는
대궐같이 큰집이 있고
울타리 너머에는
작고 허름한 집이 있었다.

사람들은 머리에 면류관을 썼는데
금 면류관을 쓴 사람이 있고
은 면류관을 쓴 사람이 있고
철 면류관을 쓴 사람이 있었다.
그들의 집 크기는 달랐다.

왜 다른 것인지
그는 궁금했다고 했다.

그래서 금 면류관을 쓴 사람에게
집이 왜 다르냐고 물었더니
면류관이 서로 다르듯이
면류관에 따라 집도 다르다고 했다.
자신은 다행히
새벽기도회를 빠지지 않았고
십일조를 많이 내서
금 면류관과 큰집을 얻었다고 했다.

3.
나는 그 말을 듣고
손을 들어 질문했다.

철 면류관을 쓰고
작은 집에 사는 사람은
행복해 보였습니까?

그는 대답하려다가

눈을 굴리며 멈칫거렸다.

나는 다시 질문했다.
차별이 있고, 혐오가 있고
가난해서 불행하다면
그곳은 천국입니까?

내 말에 신도들은 웅성거렸고
뒤쪽부터 한두 명씩
교회 밖으로 나가기 시작했다.

나 역시 자리에서 일어나면서
혼잣말을 멀리 뱉었다.

지금 이곳과 다르지 않다면
천국이 아니라 그곳은 지옥이요.

제3부
사라지는 것들의 외침

미완성

이 땅에 태어난 인간은
미완성으로 시작하고
미완성의 끝,
흙 한 줌으로 사라진다.
끝내 아무것도 소유할 수 없는 존재,
공허함 속으로 얼굴을 가리는 영혼,
이름마저 흩어진다.
벗어날 수 없는 미완성의 굴레 속에서
곧 썩어 문드러질 탐욕,
끝내 마침표를 찍는다.

뒤틀린 아름다움

쇠줄이 목을 꺾고
온몸을 휘감은 채
내 작은 폐를 조여온다.

나는 작은 화분에 갇혀 있다.
하루를 살아도 밥은 한 숟가락,
물은 한 모금이다.

팔다리는 잘린 지 오래다.
척추는 튀어나오고
머리는 헝클어져 있다.

나를 바라보는 까만 눈동자와
감탄하는 탄성과
하얗게 소독한 이빨에서는
지독한 약품 냄새가 난다.

나는 고통스럽고
까만 눈동자는 웃을 때,

터질 것 같은 작은 화분 속에서
질퍽한 흙덩어리에 묻힌
내 영혼은 저주에 갇혀 있다.

지금 여기에

하얀 구름 위에 꽃이 핀다.
사람들은 꽃을 꺾으려고
탑을 쌓아 올린다.
하늘에 닿을 때까지.

높은 탑에 올라가
손을 내밀지만
손안에는 눈물이 담겨 있고
손을 펴면 눈물은
먼지가 되어 날아간다.

구름이 바람결에 비틀거리고
꽃잎은 떨어진다.
지붕 위로, 사람이 지나는 길 위로
잡초가 무성한 들판으로.

마지막 꽃잎마저 날리고
볼품없는 꽃대만 남았지만
사람들은 주먹을 꼭 쥔 채로

하늘을 쳐다본다.

꽃잎은 땅에 있고
지금 여기에 있는데도.

나는 집에 가야 한다

비가 온다. 우산이 없다.
비가 그치길 기다려야 하고
언제 그칠지는 알 수 없다.

시간이 빗물에 떠내려간다.
어둠이 비바람에 실려 온다.

폭우가 쏟아진다.
깊은 어둠이 내린다.
불 밝은 사무실에서
비가 그치길 기다리는 나는,
나는 왜 여기에 있을까.

폭우를 온몸으로 맞으며 걷는다.
고작 우산 때문에
나는 시간을 허비했다.

구름 많은 날에도
적은 날에도

폭우가 쏟아지더라도
나는 가야 할 곳이 있다.

내 자리에서

얼음장을 헤치고 일어나
꽃 피울 때를 알고
시들 때를 아는
넓은 들판에 홀로 선 들풀처럼
이번 생을 기뻐하고
주어진 삶을 감내하며
뿌리내린 자리에서 묵묵히
나는 나의 꽃향기를 남긴다.

생각만으로

밥을 먹고 싶다면
숟가락을 들어야 하고

갈 곳이 있다면
신발을 신어야 하고

말하고 싶은 이야기가 있다면
입을 열어야 하고

몸을 쓰지 않으면
모든 생각과 계획은
머릿속 망상으로 사라질 뿐.

생각하는 데로
생각만으로
세상은 움직이지 않는다.

예언 같지 않은 예언

어릴 적부터
예언이 빗나간 적이 없다.

내 예언은 해가 뜨면 진다는
지극히 당연한 것부터 시작하며
계절이 바뀌기 전에
비가 온다는
자연의 순리에 따르며
인간은 태어나면 반드시 죽는다는
인류의 역사,
반복되는 역사에 근거하여
미래를 열어보는 것이다.

이러한 확신으로
나는 예언하자면
이 세상은 끔찍한 사건 사고에 휘둘리며
자연의 노여움에 시달리다가
전쟁을 벗어나지 못하고
스스로 멸망의 길을 재촉할 것이다.

〉
이 예언은 역사가 반복되는 동안
어제의 일조차 기억하지 못하고
실패를 쉽게 잊고, 잘못을 눈감는
어리석은 민중을 향한 경고이다.

나의 봄

얼었던 땅이 녹고 꽃잎은 열리는데
내 가슴은 여전히 움츠리고 있다.

꽃피는 계절을 시샘하는 찬바람이
슬며시 방문을 닫듯이
따뜻한 햇빛이 흩날리는 날에도
나는 나의 문을 걸어 잠근다.

꽃잎이 떨어지면
내가 주저앉을까 봐.

꽃잎이 날아가면
나뭇가지만 덩그러니 남은 것처럼
내가 훤히 드러날까 봐.

열지 못하는 내 가슴.
찬바람에 흔들리는 꽃잎을 보며
조마조마한 마음에
나의 봄은 언제 오려나.

내가 멈추다

내게로 조금씩 다가오던 구름이
내 머리 꼭대기에 섰다.

구름이 멈춘 것인지
바람이 멈춘 것인지
시간이 멈춘 것인지

그러나 마냥 나쁘지 않다.
숨을 고르는 구름을 보면서
앞만 보고 달리던 나,
내가 멈춰 섰으니.

거짓말과 욕설

거짓말이 입 밖으로 뚝뚝 떨어진다.

뻔한 거짓말인데도
거짓말이 아닐지 모른다고
기대하는 사람들.

그렇게 속았으면서도
이번에는 아닐 거라고
부정하는 사람들.

거짓말이 추잡하고
더럽다고 느껴지는 건
처음이 아니지만

절대로 거짓말이 아닐 거라고
우기는 사람들 때문에
내 입에서 욕이 뚝뚝 떨어진다.

현대적 굴욕

나를 바라보는
그의 눈빛은 거침이 없다.
그는 앉아 있고
나는 그 옆에 서 있다.

나는 그의 얼굴을
똑바로 바라보지 못한다.
나는 서 있고
그는 앉아서 펜을 휘젓는다.

날카로운 펜촉에
내 문장은 수모를 당하고
난도질을 당한다.

나는 태연한 척 애를 쓰지만
수치스러운 검은 상처 앞에서
그의 눈빛 앞에서
비굴하게 굴종하고 있다.

찬바람

어느덧, 해가 지기 전에
어제의 뜨거운 바람은
저만큼 달아나고
가슴 시리도록 날카롭게 달려드는
오늘의 찬바람이 분다.

찬바람을 기다리던
작은 입술은
붕어빵 가게를 훔쳐보고
허름한 지붕 위로
나뭇가지를 꼭 쥐고
힘겹게 붙잡은 낙엽이
미련을 털어버린다.

연통에서 뿜어져 나오는 입김.
텁텁한 입김은 오늘이 마지막이다.

붕어빵 가게,
유리문에 붙어 있는 종이를

찬바람이 흔들고

종이에는 비뚤어진 폐업이라는 글자가

거꾸로 펄럭인다.

확률 50%

들리는 소식에 따르면
오늘 밤에는 폭우가 내리지 않는다고 한다.

먹구름이 잔뜩 하늘을 덮었고
어릴 때, 축구 경기를 하다가
부서진 무릎이 쑤시지만
기상예보에 적힌 비 내릴 확률은 40%다.
끝자리는 얼버무리고
소수점은 공개하지 않았다.
49.99% 일지도 모른다.

거리를 지나가는 시민 중에서
50%는 우산을 들고 있고
40년 전통 곰탕집 입구에는
우산꽂이가 놓여 있다.

기상예보를 믿지 않는 확률,
그 확률은 50%가 분명하다.
〉

그러므로 오늘 밤,

시간은 정확하게 알 수 없지만

비 내릴 확률은 50%이다.

에덴의 그림자

세상이 완벽해지는 날,
그날이 올지도 모른다.
모든 이들이 사랑을,
진정한 사랑을 안다면
세상 모든 것을 품을 만큼
모든 것에서 사랑을 느낀다면
그날은 온다.

그러나 인간은
진정한 사랑을 거부한다.
오랜 세월 속에서
인간은 사랑이 무엇인지 경험했고
사랑이 얼마나 어려운지 알고 있다.

그렇다. 사랑은 희생이다.
자신을 희생하는 것이 사랑이다.

사랑을 알면서도
인간은 진정한 사랑을 원하지 않는다.

아니, 자신을 사랑하는 것조차 서투르다.

세상이 완벽해지는 날,
그날을 기대하는 것이 옳은가?
희망을 꿈꾸는 것도 사랑이리라.

채울 수 없는 잔

빈 잔에 물을 따르면 물잔이 되고
술을 따르면 술잔이 된다지만
나는 무엇이길래
열두 해,
그리고 아홉 해 동안
차고 넘치도록 채웠는데도
속은 공허하고
부족한 게 많아서
내 안에 채울 것을 찾아 헤맬까.

잃어버린 날개

소나기가 내린다.
가로수 나뭇가지에 쌓인 먼지가 씻긴다.
내 목마름은 언제 씻기려나.
실타래처럼 엉킨 내 잡념은 언제 사라지려나.
소나기는 하늘에서 내리고
날벌레의 시끄러운 날갯짓은 잦아들고
나는 처마 밑에서 우두커니 서서
붉은 햇빛이 물드는 서쪽 구름 사이로
잃어버린 날개를 찾고 있다.

약 냄새

아무것도 먹지 못하다가
죽 한 숟가락 뜨고서는
나는 괜찮다.

토할 듯이 기침을 쿨럭거리며
쓰디쓴 침을 삼키고는
나는 정말 괜찮다.

괜찮다면서
왜 일어서질 못하나요.

간신히 윗몸을 일으켜
바스락거리는 약봉지를 찾고
한 움큼 약을 삼킨다.

가래 끓는 기침 소리에서
약 냄새가 난다.

밥을 먹듯이

약을 먹는 아버지는
몸을 일으킬 힘도 없으면서
나는 괜찮다는
거짓말에 익숙하고
거짓말에서 묻어나는
약 냄새마저 기운이 없다.

약 냄새가 싫지 않은 이유는
하루라도 냄새가
오래갔으면 하는 바람 때문이다.

뻔한 전개, 마지막 인사

장미꽃이 피던 어느 날, 뒷동산에서 개구리가 얼어 죽었다는 신문 기사가 일 면에 실려 있었다. 선생님과 함께 산책하던 근처 어린이집 아이들이 목격자였고, 몇몇 아이들은 정신적 충격이 심했다는 내용이었다. 다음 면 구석에는 두 달 전, 뒷동산에서 산불이 났었고 소방차 열다섯 대가 출동했다는 기사와 담뱃불이 옮겨붙었을 가능성이 크다는 소방서의 조사 결과가 요란하게 적혀 있었다. 다음 면을 열었을 때, 지역에 인구가 증가하고 있고 대규모 아파트 단지가 필요하다는 대학교수의 사설이 실려 있었다. 맨 아래 광고란에는 연예인이 창밖을 바라보는 아파트 광고가 실려 있는데 창밖 풍경은 뒷동산이었다. 신문을 덮고 신발을 신었다. 뒷동산 풀냄새를 맡고 싶었다. 그곳에 사는 박새와 바쁘게 뛰어다니는 다람쥐에게 인사하고, 주름살이 많은 고목을 껴안았다. 산책할 때마다 걸터앉았던 바위에는 입을 맞추었다. 얼마나 버틸지 모르지만, 뒷동산은 곧 사라질 것이다.

사라지는 것들의 외침

숨 쉬는 생명은 알지 못한다.
사라지는 것들이 왜 사라지고 있는지를.

사라지는 것들은 외치고 있다.
숨 쉬는 생명이 점점 사라진다고 외친다.

살아있는 생명은 죽음이 다가오고
사라지는 것은 없음을 말한다.

죽음은 다른 삶을 공유하지만,
사라지는 것은 아무것도 남기지 않는다.

사라지는 것들이 외치고 있다.
다음 세대는 그 외침마저
듣지 못할 것이라고.

기후변화에 대처하는 시인의 감수성

올해는 예년과 다르게 비가 많이 왔다. 심심치 않게 폭우라는 용어가 기상예보에 자주 등장했다. 폭우가 자주온 만큼 수해 피해도 컸다. 산사태는 물론이고 침수로 많은 사상자가 나오기도 했다. 무더운 여름이 지나고 가을로 접어들었지만, 여전히 늦더위는 쉽게 가시지 않고 있다. 게다가 다가올 겨울은 역대급 한파가 올 것이라는 기상학자들의 전망이 나오고 있다. 북극과 남극의 해빙이빠르게 녹으면서 찬 공기가 한반도로 급속도로 유입될 가능성이 크다는 것이다. 얼마 남지 않은 겨울을 앞두고 한파와 폭설을 대비해야 할 시점이다.

기후변화는 우리나라만의 문제가 아니다. 지구촌 곳곳이 폭우, 폭염, 폭설에 시달리고 있다. 또한 기온이 오르고 건조한 날씨가 지속되면서 대형산불이 자주 발생하고 있다. 기후변화는 필연적으로 이상기후, 또는 기상이변을 불러오고, 기후재난으로 이어진다.

기후는 인간의 삶과 직결된다. 특히 먹거리와 연관이 있다. 기후재난이 심해지면 농축산물 생산에 차질이 생기고, 결과적으로 식량 위기를 초래한다. 가장 큰 문제는 사막화 현상이다. 토양이 오염되고 지하수가 황폐해지면 식수 공급이 어려워진다. 마실 물이 사라진다는 것은 인류와 생명체의 생존에 위협이 된다.

그러나 기후변화에 우리는 너무 안일하고 느긋하다. 세계기상기구(WMO)의 '2023 기후과학 보고서'에 따르면 화석연료로 인한 이산화탄소 배출량이 해마다 증가하고 있다. 배출량이 늘게 되면 지구의 온도는 상승한다. 국제사회는 이산화탄소 배출량을 줄이기로 2015년 파리에서 협정을 맺었지만, 배출량이 감소하기는커녕 오히려 증가하고 있다.

우리는 극심한 기후변화에 시달리면서도, 기후재난을 예상하면서도 지구 환경을 파괴하는 일은 멈추지 않고 있다. 지금 당장 우리에게 큰 피해를 주지 않을 거라는 이기적인 사고 때문이다.

목마른 땅, 갈급한 땅에서
소나무 껍질처럼 들뜨고 갈라지며
강은 말라간다.

한 방울, 한 방울만
기우제를 지내듯이
마른 막대기 같은 작은 생명은
눈곱이 낀 채,
구름 한 점 없는 하늘을 쳐다본다.

물이 많기로 소문난 땅에
오라는 비는 오지 않고
달갑지 않은 것들의 세상이 되었으니

(…중략…)

강바닥으로 내려온 기계 소리.
끄덕거리는 굴착기 주걱 소리가 들리고
트럭에서 검은 매연이 솟는다.

파헤치는 곳마다
마른 뼈가 드러나고
뼈가 부서지고
트럭에 실려 길을 달린다.

건설 현장에는 마른 뼈가 쌓인다.

높이 올라가는 빌딩은
죽은 독사의 뼈가 섞여 있다.

오라는 비는 오지 않고
달갑지 않은 것들의 세상이 되었으니
뼈가 드러나는 곳에서
잿빛 도시는 말라간다.

　　　　　　　　　　　　　—「사라진 후」부분

　무분별한 자원 개발과 자원 소비는 환경오염과 기후변화를 유발한다. 그런데도 인간은 지속 가능한 개발을 끊임없이 추구하고, 자원 소비를 늘리고 있다. 생태학자 토마스 베리는 「위대한 과업」(2009)에서 지구 자원의 무분별한 사용은 인간의 독단적인 권리행사로 이해하고 있기 때문이라고 주장한다. 즉 인간 중심적인 사고에서 기인한다는 것이다.

　예를 들자면 최근에 벌어진 후쿠시마 원자력발전소 오염수 방류가 좋은 예이다. 인간 중심적이다. 바다 생물에게 어떤 영향을 끼칠지는 관심이 없다. 인간에게 해를 끼치느냐 마느냐가 논쟁의 핵심이다.

　오염수 방류는 매우 민감한 사안이라서 언급하고 싶지 않지만, 본래 시인은 작금의 현안에 대해서 분명하게 밝히는 부류인지라 나 역시 과감하게 언급하는 것이다.

세계의 원자력발전소 대부분은 바다와 접해 있다. 오염수를 바다에 버리는 일은 비용 절감과 연관이 있다. 일본의 오염수 방류 또한 비용 문제이다. 그래서 이번 사건은 시작에 불과하다고 보는 것이다. 다른 나라들도 오염수 방류를 요구하게 될 것이고, 더 나아가 원자력발전소 오염수뿐만 아니라 다른 오염물질을 바다에 버리려고 할 것이다.

지구의 바다는 생명 태동의 원천이다. 그런 면에서 바다 오염은 곧 생명의 위기다. 생명의 위기는 인류의 위기와도 같다.

나는 자연의 생명을 경시하는 어리석음을 비판하고, 앞으로 닥칠 큰 희생을 막기 위해서 가까운 미래를 경고하고자 한다.

어릴 적부터
예언이 빗나간 적이 없다.

내 예언은 해가 뜨면 진다는
지극히 당연한 것부터 시작하며
계절이 바뀌기 전에
비가 온다는
자연의 순리에 따르며
인간은 태어나면 반드시 죽는다는

인류의 역사,

반복되는 역사에 근거하여

미래를 열어보는 것이다.

이러한 확신으로

나는 예언하자면

이 세상은 끔찍한 사건 사고에 휘둘리며

자연의 노여움에 시달리다가

전쟁을 벗어나지 못하고

스스로 멸망의 길을 재촉할 것이다.

이 예언은 역사가 반복되는 동안

어제의 일조차 기억하지 못하고

실패를 쉽게 잊고, 잘못을 눈감는

어리석은 민중을 향한 경고이다.

― 「예언 같지 않은 예언」 전문

앞서 언급했듯이 기후재난은 식량 위기를 불러온다. 글로벌 식량 위기는 국가 간 전쟁을 초래할 수 있는 심각한 문제이다. 식량 안보라는 용어가 등장한 이유이기도 하다. 그러나 이마저 우리는 경각심이 없다. 쌀이 없으면 라면을 먹으면 된다는 우스갯소리도 있다.

이런 상황에서 기후재난에 따른 식량 위기를 막을 방법

이 있을까? 기후재난에 대처하기에는 이미 늦었다는 주장이 더욱 설득력이 있다. 기후변화가 심각해졌기 때문이다. 그렇다고 희망을 놓을 수는 없다.

그렇다면 우리에게 남은 희망은 무엇인가? 나는 그 희망을 종교에서 찾고자 한다. 그것은 바로 창조론이다.

신은 땀을 흘린다.
세상을 창조하며 흘리던 땀은
아직 식지 않았다. 어제도, 오늘도.

불타버린 산등성이에는
싹을 틔우고
시커멓게 물든 바다는
크게 뒤집어엎고
포성이 끊이지 않는 전장은
갓난아이의 울음소리를 퍼뜨린다.

남자든, 여자든
피부색이 어떠하든지
다른 신을 믿을지라도
신은 생명을 빚으며 땀을 흘린다.

땀 닦을 겨를이 없기를

땀이 식는 날이 오지 않기를

무릎으로 기도한다.

―「창조론」 전문

대부분 종교는 창조설, 또는 창조론이 존재한다. 나는 기독교인이기에 기독교적 관점에서 창조론을 설명하고자 한다. 기독교의 창조론은 성경의 첫 부분 창세기에 기록되어 있다. 그렇다고 창세기에 기록된 것이 전부라고 판단해서는 안 된다. 창세기만 읽고 창조론을 받아들이면 자칫 오해할 수 있다. 즉 신의 창조를 일회적인 사건이고, 짧은 시간에 이뤄진 사건으로 치부하는 식이다. 하지만, 그 해석은 한 가지 큰 오류를 일으킨다. 일회적이고 단시간의 창조 이후, 신의 창조 활동은 끝난 것인가 하는 질문이다.

다시 말하지만, 창세기의 창조론은 전부가 아니다. 성경 전체에서 말하는 신의 창조 행위는 지속적인 사건이다. 쉽게 말해서 신의 창조는 과거완료형이 아니라 현재진행형으로, 지금도 신은 창조 행위를 멈추지 않고, 창조주로서 활동 중인 것이다. 그것은 오랜 세월에 걸친 우주적인 창조를 말한다.

본론으로 다시 돌아가자면 기독교인의 시각에서 이 세상 만물은 곧 신의 창조물이다. 자원 개발과 소비를 목적으로 지구를 파괴하는 행위는 곧 신의 창조물을 파괴하는 것과 다를 바 없다. 생명체의 멸종도 마찬가지다. 신의 창조물이 황폐해지고 있는 상황에서 기독교는 왜 입을 다물고 있는 것인가? 파괴와 죽음이 난무하는 위기 상황에서 지구를 구하고, 생명을 살리는 과업에 기독교가 앞장서야 한다.

그러나 작금의 교회는 생명을 살리는 일과는 거리가 멀다. 오직 기득권 유지를 위해 혈안이 되어 있다. 예수의 십자가 희생이라는 말이 무색하게 권력과 결탁하고, 대형 교회에 집착하며, 교회를 세습하는 작태를 서슴지 않고 있다.

교회를 자식에게 물려주는 목사는 목사가 아니고, 예배당을 목사의 자식에게 물려주는 교회는 교회가 아니네. 교회가 아닌 곳이 교회인 척하려니 얼마나 힘들겠는가. 십자가가 걸려 있다고 모두 교회가 아니듯이 자네가 교회라고 생각했던 곳은 교회가 아닐 수 있네. 아마도 그곳 교인들도 이미 알고 있을 거네. 일요일마다 그들이 찾아가는 그곳이 교회가 아니라는 것을, 진짜 교회가 아니라서 더 편하게 다닐 수 있다는 것을.

—「교회 세습이 옳습니까」전문

지구의 위기 상황이 전부 교회 탓은 아니다. 그렇다고 '생육하고 번성하고 정복하고 다스리라'라는 기독교의 인

113

간중심 사상이 자원 개발과 소비에 밑천이 되었음은 분명한 사실이다. 그 잘못을 인정하고, 교회는 인간 중심적인 사상으로부터 한 걸음 물러서야 한다. 교회는 교회답게 기득권 유지에 힘쓰기보다는 생명을 살리는 일에 충실해야 한다. 신에 의해 창조된 우주를 바라보며 모든 만물과 생명체를 아끼고 사랑하는 것, 그것이 기후재난을 더디게 하고 늦출 수 있으며 지구상의 모든 것들과 함께 공존, 상생의 길로 나아갈 수 있는 것이다.

나는 이 시집을 쓰면서 많은 고민과 어려움을 겪었다. 쉽지 않은 주제였기 때문이다. 그렇다고 현실을 망각하고 뒷짐을 질 수는 없었다. 시인은 시를 써야 한다. 어쩌면 사명감인지도 모른다. 덕분에 시인의 감수성에 기대어 현실을 비판하고 대안을 찾고 그것을 시적인 언어로 다듬었다. 어떤 결과가 있을지 나는 알 수 없다.

분명한 것은 나는 시인의 감수성에 의존했다는 것이고, 시를 썼다는 것이고, 이제 독자가 읽을 차례라는 것이다.